KB268603

시작시인선 0156

시작시인선 0156
눈사람 라라

1판 1쇄 펴낸날 2013년 8월 31일
지은이 이정란
펴낸이 채상우
디자인 정선형
펴낸곳 (주)천년의시작
등록번호 제301-2012-033호
등록일자 2006년 1월 10일
주소 100-380 서울시 중구 동호로27길 30, 510호(묵정동, 대학문화원)
전화 02-723-8668
팩스 02-723-8630
홈페이지 www.poempoem.com
이메일 poemsijak@hanmail.net

ⓒ이정란, 2013, printed in Seoul, Korea

ISBN 978-89-6021-194-0 04810
　　　978-89-6021-069-1 04810(세트)

값 9,000원

눈사람 라라

이 정 란 시 집

천년의 시작

시인의 말

나를 지나가지 않으면 내가 되지 않고
시를 떠나지 않으면 시가 되지 않는
역설의 지점에서
강한 전류를 발산하는 미지에
홀린
시 밖의 시가 되기를.

2013년 가을
이정란

일러두기

하나의 연이 첫 번째 행에서 시작될 때에는 >로 표시합니다.

제1부

악보 없는 얼굴

모자가 떨어지면서 누구 것인지 모를 웃음이 쏟아져 나
왔다

갑자기
웃음의 화성법을 잘 모르고 있다는 사실이 떠올랐다
내가 배운 건 눈물의 화성학
스스로 알아낸 건 모자에 깃털 다는 법

웃음을 어떻게 탄주해야 모자가 떨어지지 않을까

악보 문제일 거라 생각하며
음표가 상하지 않게 모자를 살살 매만졌다
팽그르르 돌던 모자의 표면이
불협화음을 추스르느라 울룩불룩해진다

웃음들은 서로 마주 보며 각자의 얼굴을 구상한다

웃음은 얼굴에 웃음 이상의 것을 씌워 주고
얼굴은 웃음에서 황금빛 노래의 원본을 찾는다

>

웃음을 찢고 얼굴을 부수는 머리칼의 표정은 모자 안에서
완성된다

재구성되는 저녁

빛들이 다시 빛이 되기 위하여
재구성되는 저녁 분위기에 동참한다

기다렸다는 듯
새들이 공기 알갱이 속에서 새어 나와 날개를 찾아 단다
부스러진 햇살 조각들은
일찍 문 닫은 갤러리 유리문 앞에서 없는 귓바퀴를 만지고
있다

나는 직립을 버리고
그림자를 뒤적인다, 달의 생각이 명료해질 때까지

방금 뒤집힌 모래시계 안에서 사막이 깊어지고 있다
사막은 이 저녁에 닿기 위해 건너야 했던
나와 당신
그 속으로 손을 찔러 넣으면 따뜻하고 말랑한
심장이 만져진다

새들이 날개를 떼어 버리고 내일의 공기 속으로 들어간다

\>

단풍잎 같은 달이 뜬다

습관

귓속에서 소리가 새어 나온다
전혀 들어 보지 못한 소리들이다
들리지 않는 의미는 무슨 빛깔일까 만지작거리는데
소리 속에서 귀가 쏟아져 나온다;
　　　　　　　들리지 않는 의미는 의미가 아니다

오렌지색 그림자를 새로 샀다
입을 때마다 그림자가 벗겨지는 원피스를 입으면서
그림자를 솎아 낸다
감정이 일치하지 않는 그림자의 보관법에 대해 연구한다
부스러기 그림자는 애완견이 깨끗이 핥아 먹는다;
　　　　　　　입어 보지 못한 그림자는 그림자가 아니다

습관적으로 물의 입에 식물을 넣어 준다
식물은 습관적으로 몸을 키우면서
꽃으로 물의 권태를 수정하는 시간을 갖는다;
　　　　　　　물에게 꽃을 빼앗기는 시간은 시간이 아니다

피와 공기 사이를 피부가 갈라놓는다
거기까지만, 거기까지만

살색으로 규정된 습관엔 영혼이 없다;

영혼엔 모양이 없다, 사상이 없다

높은 노란 음에 도달하기 위해 술을 마셨노라[*];

이와 같이 나는 들었다

손금 지우는 나무

부러지지 않는 검은 뱀들이 나를 끌어당겨요
먹구렁이 누룩뱀 오사 오초사
주렁주렁 휘감긴 나무가 휘청거려요
놀라지 마세요 모두 같은 채찍이에요

또는 곁에

나무로 검증되는 새가 있고
뱀으로 검증되는 여인이 있어요
그들 사이로 빠져나가는 꼬리, 그것이 절벽이에요
누가 뛰어내리느냐고요? 당신은 아주
영리하게 뱀의 꼬리를 밟고 넘어졌습니다

뱀은 나무를 빌리고, 나무는 뱀을 빌려 쓸 뿐이에요
너무 오래 돌려주지 않으면, 한 몸이 너울너울 죽어 가요
나무의 가장 아름다운 연인은 하반신을 잘라 버렸어요

상처 아물어도 피가 새요
피로 빚어진 새는 빈 몸 곁을 떠나지 않아요

>

지나가요, 얼른

비스듬한 절벽에 도착해 새를 내던지고
나뭇가지를 흔들면 손금 가진 나비가 태어나요, 나비는 곧

파도 우거진 바다를 향해 나아갑니다
바다에게도 지문이 있어요, 바람 따라 하얗게 늘어나는
가끔 해변에서 발견되는 죽은 나비들을

떠나보내요

낯선 바람이 지나가고 나뭇가지가 길어지면
정수리까지 차오른 수액을 쏟고 지문을 버려요
눈을 감고 사라진 바람을 만져요

사라진 우리

너는 왜 내게로 오고 있니
왔다가 또 왜 사라지니
가면서 왜 구름을 남겨 놓니
너를 따르다 엎지른 섬은 왜 주워 담을 수 없는 거니

내게로 온 너는 두 번 세 번 오지 않았다
수평선 바깥으로 내던져진 나의 너
손바닥에 남아 있는 너의 나
왜라고 묻는 단추는 떼어 버리고 구름은 뒤집어 입어

내가 만든 하늘은 가져가지 마
등대가 붉은 원반을 멀리 던질 때
얼른 사라져

물거품은 말하지 않아도 부러진 발목을 거둬 가네
해변을 길게 늘이는 바닷새 발톱에 걸려
비칠거리며 마른 겨울을 타고 넘네

네모난 바다에서 파도를 뒤적이다
죽어 가는 물고기들과 숨을 나눠 먹으며, 우리는

즐겁게 즐겁게 그들을 떠나보냈지
　빗방울은 끈적거렸지, 심해를 담다 소주병은 엎어졌지, 이
시가리 똥패 삼수기 미역치를 따라 가라앉았지, 마침내

　바닷물이 끓어넘쳐 급히 수평선을 열어 주었지

　우린 서로를 남겨 두지 않았어
　태어날 비명까지 샅샅이 지우고 살며시 등을 돌렸어
　너 또 올 거지

장미의 기울기

겨울잠 자면서 낳은 나의 아기에게서 달을 오려 만든 장미
냄새가 납니다

가방 속 깊이 넣어 두었던 마른 꽃잎을 꺼내 아기 눈을 닦
으니 노란 달가루가 묻어 나옵니다

빠져나갈 수 없이 긴 터널이면 어때요
거울에 기댄 꽃잎 그림자와 어깨를 나누어 갖지요

거울은 그림자의 울음을 달래 본 적 없으니까

꽃잎 열리는 소리가 듣고 싶어 눈을 찌릅니다
질긴 가방 손잡이에서 물이 피어나고 바람의 잎맥으로 꽃이
흐릅니다

돌문을 지키고 있던 해태가 눈을 껌벅이다 집광하던 눈동
자를 빼 건네줍니다
터져 산란하는 빛을 눈으로 받아먹자 해태가 문을 지워
버립니다

\>

지켜보던 거울이 출입구 없는 얼굴을 깨뜨립니다

동심원을 한없이 늘려 가는 수많은 거울들의 군무가 이어집니다

장미 꽃잎으로 달을 빚어 동심원 중심에 꽂아 둡니다

미래는 구경이 확실하지 않은 권총으로 쏘아 대는 꽃의 거품

거품 속에서 빛 주위를 공전하는 푸른 행성이 당신인 걸 믿는

내가 당신 기울기를 간섭합니다

달리는 트럭의 엉뚱한 자세

우리를 벗어난 황소가 엉거주춤 서 있다
다리는 수직
속도는 수평
꼬리는 속도에 평행

다리는 황소의 것
속도는 바퀴의 것
꼬리는 바람의 것

엉뚱하게 갇힌

누군가에게 발견되었다는 사실이
황소 자세에 변화를 줄 수 있다면

속도는 운전자의 것
황소는 황소의 것
울음은 태초의 것

누군가에게 발견된 황소가 녹아내리고
전혀 엉뚱하지 않게

황소의 눈알이 내 심장으로 흘러든 순간

들판에게 발견된 내
속에서 황소를 꺼낸다
황소와 몸을 나눠 갖는다

황소가 들판을 몰기 시작한다
황소 꼬리에 달려 있는 내 얼굴로
들판이 빨려 들어온다

막 떠오른 태양이 황소 등에 가파른 언덕을 올려놓는다

새, 하얀

바람 소리를 당신에게 옮길 수 없는
숲의 오월이 저녁 길을 걷다 멈추어 듣는

할수록 할 말이 고여 억지로 잘라 낸 끝말의 이파리를 보고
심장이 불현듯 달려 나가는 색

심장 안에는 어떤 모양의 종이 잠자고 있을까

소리를 내밀어 봐요, 어디에 있든 찾아갈 수 있게

내 심장은 당신 심장보다 먼 거리에 있어
심장과 심장 사이를 흐르는 시냇물에 보름달을 띄워요

달이 녹아 가라앉기 전에
달을 저어 도달한 기슭에서
달을 건져 새에게 먹여요

공중은 편도의 맛
되돌아갈 높이를 생각하지 않는 날개의 맛

>
당신의 살로 호흡하는 내 숨소리와
나의 살로 호흡하는 당신 숨소리가

서른세 개의 바늘을 찔러 넣어도 죽지 않는 한곳을 짚어
가며
멀리 날아가는

붉은 소용돌이

나보다 뚱뚱한 그림자를 던지며 낯선 마을길을 돌아다녔다

녹기 싫어 밟으면 쩍, 마음을 자해하는 얼음장 위에 체중을 쏟아 놓았다

폐가 한 채를 덥석 물고 반달을 방싯거리는 무덤가에서 발자국 소리를 닦았다

공기주머니를 터트리는 새에게 하늘을 받아먹었다

동쪽 하늘을 숨겨 키우는 낮달의 냄새를 맡았다

옆구리 찢어

오래 도사리고 있느라 제 모양을 모르는 짐승 한 마리 꺼내

그 순간의 맥박을 재어 본다, 그 순간의 혈압을 재어 본다

숨죽이고 있던 내 행성에서 소용돌이가 몰아쳤다

>

손바닥을 대자 붉은 인주가 묻어 나왔다

긴 꼬리 울음 왼편에 아침 해가 낙관을 찍었다, 서로 잘
말랐다

발자국 속의 나비

하늘을 구기고 있던 발자국 a가

발자국 b에 먹구름을 쏟아 낸다

발자국 c의 몸속에서 발자국 d가 튀어나온다

발자국 d는 양쪽 날개의 모양이 다른 나비를 키우고 있다

나비가 공중을 기울여 보는 사이

발자국 e가 구겨진 하늘 뒤쪽으로 슬그머니 몸을 감춘다

갈매기 떼가 구름 위에 아무도 몰라보는 섬을 올려놓는다

섬엔 버려진 신발들이 나뒹굴고 있다

신발 끈에서 녹슨 눈물이 흘러나왔다, 눈물들은

어디로 이어져야 하나 두리번거린다

긴 여행에 앞서 발자국 f는 발자국 g에게

그늘을 빌려 주며 당부했다

만약에 내가 돌아오지 않는다면

내 보폭 사이에 지렛대를 심어 주세요

발자국 h, 눈을 감고 발자국 i 곁을 지나간다

발자국 h와 발자국 i 사이에 숨어 사는

발자국 아무개, 그의 표정은

잘못 해석될 기회조차 갖지 못했다

>

예민해 보이는 발자국 k에겐 물갈퀴가 있다

발자국 j는 발자국 k에게 물을 쏟아붓곤 수도꼭지를 얼른
잠근다

백 허그

교차로 신호등 앞에 서 있는 내 등이 보인다
등 뒤로 오렌지색 택시가 빠른 속도로 지나가는 걸
내 등은 알고 있는 듯하다
택시는 자기가 오렌지색이란 걸 알고 달리는 것인지
혹시 오렌지의 표절 시비에 휘말려 법원으로 가고 있는 건
아닌지
나의 복잡한 생각을 내 등은 모르고 있다
내 등은 참고인 자격으로 택시를 운전할 수 있을까
그 택시를 잡아타면 나와 내 등은 입맞춤할 수 있을까
내가 탄 버스가 직진 신호를 받아 내 등을 지나쳐 간다
목을 빼고 돌아보지만 앞모습은 보이지 않는다
어딘가로 가고 있는 나는 무자비하게 표절된 내 등이다
나는 내 등을 여기저기 흘리고 다닌다
방금 본 내 등은 그러니까 얼마 전에 내가 흘린 것이다
소나무와 아까시나무가 녹다 남은 눈덩이를 내밀거나 햇
살을 펼치며
가위바위보를 하고 있는 시각에
투명하게 알아채는
나와 내 등은
수시로 끌어안으며

서로를 연민한다

주사위

너는 허공을 입방체로 뭉쳐 높이 던진다
나는 숨겨 두었던 사다리의 날개를 펼친다
너와 난 공중에서 부딪혀 12각형의 별이 된다
우린 그 별을 복사해 만든 게임으로
서로에게 도박을 걸지도 모른다

어둠과 햇살을 가장 단순하게 만든 네 안에
규칙은 없다

6의 발바닥에서 해를 보는 1
1이라고 말하고 싶은 2
날개가 곤충의 불행인 것을 믿는 3
3의 노래로 타래를 만들어 동굴을 파는 4
매일 눈동자를 갈아 끼우며 남의 서가의 책을 즐겨 읽는 5
알고 있는 것들의 영혼을 다붓다붓 의인화시키는 6

6이 모르고 지나간 영혼은
온몸을 검게 칠하고
어긋난 모서리들 속으로 스며든다
그럴수록 너는 더욱 부드럽게 팽창한다

육면체 속 알 수 없는 뭉클거림을
허공으로 높이 던지는 순간
네 몸은 투명해진다 애당초

나는 너를 본 적이 없다

가을 숲의 가설

가로지르는 데 28억 광년 걸리는 숲에서
4분 33초를 떼어다 침묵으로 사용한 사내를 안다

나비 하고 말하려다 나뭇잎을 떨어뜨린 여인의
입안에선 하늘이 부풀어 올랐다

색을 통과하기 위해
바람은 하늘을 내팽개친다

조각난 하늘 바깥에서 걸어온 나는
새들과 함께 열매를 건너뛰었다

사방에서 우수수 떨어지는 발자국들:
아주 오래된 영혼의 털갈이

한 잎 주워 들자 숲이 표정 몇 개를 버린다
나무가 보지 못한 이파리, 이파리가 보지 못한 주홍, 주홍이
보지 못한 물의 투명이 술렁거린다

촉수를 세운 엄지발가락으로 숲 중앙을 고정시켜 놓고

어떤 순한 짐승의 배꼽을 오래 짚었다
이유 없이 태어나는 것에 대한 이해가 깊었다

끝

끝!이란 말의 끝에선 하얀 가루가 쏟아져 나오지
파도가 아가미를 늘어뜨리는 해변에 새겨진
두어 개 단문
사랑해, 보고 싶다
갈매기가 물어다 놓은 작은 山들은
풀 한 포기 없는 민둥산
너럭바위에 엎드려 바짝 몸을 붙인 돌김도
바다 마을 아낙의 채반으로 쉽게 옮겨지지

그만이란 말, 숨이 탁, 멎어
오목바위에 고인 물의 중량을 단들 하늘의 심중을 알 순
없지
돌아올게란 말과 느낌이 같은 체리맛 사탕
앵두나무 뿌리 끝 땅의 전류에 닿아 보기나 했겠어
고성 바다 오른쪽의 아침 햇살이 해무를 밀쳐 낼 때
왼쪽 가슴을 쥐어뜯으며 집어던진 누군가의 안경은 전등
갓에 걸려 흔들거리겠지

그가 떠나간 날 밤
손끝의 달을 둥글게 둥글게 잡아당겼지

남아 있던 체온이 싸늘히 식어 갔지

끝이란 말
그냥 그대로 있지

사라지는 모자

사라지기 위해 생각은 모자를 벗어 버린다
빈 생각이 모자를 주워 쓰고 사라진 생각의 자취를 더듬
는다

고심하다 버린 누군가의 생각으로 차를 끓여 마신다
그가 쥐고 있던 생각의 뜬눈에 혀끝이 아리다

누군가의 생각은 백 잔의 구름을 만들고
누군가의 찻잔엔 산중턱 너럭바위가 들어 있다
생각이 바위 위에서 낳아 하늘에 묻어 둔 알을
번개가 품고 바람이 굴려 새로운 천체를 만들어 낸다

푸카이를 쓴 모아이의 생각은 오래 시선을 둔 지중해 빛깔
이며 땅에 박힌 다리만큼의 무게를 지닌다

모자는 좌충우돌을 끝낸 대륙
지진을 품고 바다를 건너뛰며
매장돼 있는 불씨를 이용해 유전을 찾아낸다

생각과 모자는 멀리 떨어져 서로를 마신다

제2부

눈사람 라라

그림자의
검은 안경을 벗긴다
거울을 접어 책갈피에 넣는다
너의 이름을 벙어리로 만든다
한쪽 팔을 빌려 베고 잠으로 변장한다
누군가 던진 강물 한 덩어리 받아 삼킨다
내 코가 부서지고 네 웃음이 뜨거워진다
녹아내리는 지붕을 둘둘 말아
촛불을 켠다 새가 녹는다
기도하는 별의
손바닥이 갈라진다
손금을 뜯어 실타래를 만든다
실타래를 타고 눈사람이 전송된다
바람에 날리는 책장을 당신이 눈사람으로 누른다
어깨 위에서 은사시나무 싹이 돋는다
언제 생겼는지 모르는 상처 난 별빛
왼쪽 어깨에서 오른쪽 어깨로 옮겨 간다
녹고 있는 새의 가슴에서 깃털이 쏟아진다
안녕, 라라!
어두워지지 않는 저녁을 빌려 줘

물렁물렁한 발자국 밑으로는 길이 자라지 않아

의자의 환상

태양이 사라지는데 날이 저물지 않는다
그를 만날 때마다 내가 사라진다

의자를 당길까 엉덩이를 내밀까
우아한 드레스를 입고 진흙밭에 외발로 설까 학춤을 출까
마음을 구부려 만든 부메랑으로 무지개를 캐낼까

심장이 생기기 전부터 나는 사랑이었다
허파꽈리 안 실핏줄에서부터 붉은 노래였다

부메랑이 낯선 것을 데리고 돌아오는 허공의 정수리에서
물고기가 날고 무화과가 지저귀고 동굴이 흩어지고 휘늘
어진 능수버들이 가지 끝으로 딱딱한 앵무새를 던진다

오늘 의자의 주제는 새를 받아 서로의 등짝에 던지는 일
오늘 의자의 부제는 상처의 피를 받아 입술을 장식하는 일

의자는
무늬로 열렸다가 열쇠로 닫힌다

검은 새

술잔 속의 술은 굽의 높이를 모르고 출렁거린다

여행길 가로수가 시들해지면 술잔 곁으로 발뒤꿈치가 말랑말랑한 사람들이 모여든다

진흙에 발자국을 남기지 않는 새가 몇 개 국경을 넘어 꽁꽁 언 강물 위에 내려앉는다. 여러 사람의 술잔이 비워진다

손바닥에서 터진 죽음의 싸한 냄새 사이로 긴 이력이 쏟아져 나왔다. 빈 깡통, 말라비틀어진 무지개, 부서진 사다리, 콘돔, 종이쪽지

지우개를 조롱하는 최초의 연필이 될 수 있다면
강물에게 내 사후를 맡길 생각이다

과거와 미래 사이에 낀 교각은 의연하게 흔들거린다. 검은 새가 길고 구불구불한 길을 뱉고 지나간다. 체, 체, 퉤!

길이든 옷이든 벗어야 한다

발자국과 날개 사이의 거리

물결을 얼리고 강이 사라졌다
먹이를 찾는 동안 발자국이 얼어붙어 놀란 새들
수직으로 날아올랐다 내려와 저공을 오래 선회한다
발자국 없는 공중이 창백해진다

발자국을 벗고 싶은 새들이 있을 수 있고
날개를 버리고 싶은 발자국이 있을 수 있다

동사한 청둥오리 발바닥에 오그라 붙은 발자국은,
주검을 잃어버리기 딱 좋은 순간이지만
더 쓸쓸해지지 않으려고 죽음을 요리조리 뜯어보고 있다

발자국은 날개와 강 사이 거리를 더욱 분명하게 만든다

발자국에게 슬픔이 있다면 몸통의 무게를 잃어버린 것

육각형의 눈동자를 굴리며 사이에 대해 탐색하는 습설의
행보는 비교적 신중해 보인다

물결을 방해하던 바윗돌의 헛기침은 잦고,

바람의 춤사위는 한층 더 날렵해졌다

섬이 낳은 바다

누가
생각을 잠그지 않아
바닷물이 갑자기 불어났다

섬에서 또 하나의 섬이 풀려나왔다

눈앞에 보이는 물체여서
기억하기는 쉽다
그를 잘 잊으려면
눈앞에 계속 있게 놔두어야 한다

섬과 섬은
서로의 바깥으로
서로의 안을 만들고 있다

자신의 운명을 결정할 수 있는
유일한 비가
바깥의 가장 안쪽에서 내리고 있다

모든 상황은

빗줄기 속에 들어 있는
바람의 방향을 다 알기 전에 발생한다

나

당신 기척이 밖을 내다보는 내 시선에 녹아들었다
해변, 모래밭에 꽂힌, 종이컵은 인력 강하지만 아주 우연한
접점

당신 바깥에서
나는 허공이나 모니터에서 샘솟듯 차오르는 글자들을 소
비한다
글자는 허공이나 모니터 혹은 벚나무 속의 혈류

당신 곁 가장 가까운 곳에서 당신을 틀어막으며 산 긴 시간
마개를 따 버리고 싶었던 나는 누구의 나인가

내게서 떠났던 영혼은 연필로 위장한 낱말들의 트렁크 속
으로 숨어들어 거칠게 숨 쉬었다

긴 잠의 머리맡에 폭약을 장치한다
잘못 번안하곤 슬그머니 잠들어 버리는 나를 발설하기 위해

익숙한 옷이 나를 벗어 버리고 면벽 중이다

>
변화하는 칼집, 나는
늘 죽고 있다

불안e라는 책을

늘 읽는다

그러지 않으면 불안e에게 내가 읽힌다, 내다 버리면 어떻게 알았는지 이튿날 우체부에게 문자가 온다, 빠른 등기 불안f 를 세 시에 배달 예정이니 안심하시오

불안의 천적 찾으려

알라딘의 램프를 문지른다, e북은 터치 한 번에 글자들 이 떼로 사라지고 떼로 몰려온다, 젤리 같은 덩어리를 쏟아 내 불안 키보드를 새로 조합할 땐 대략 난감, 문자는 잡초보 다 생식력이 강하다, 사방에서 끊임없이 새어 나오는 새 떼 들이 문자의 모음을 따먹고 내 머리 위에 배설하면 머리카 락 사이에서

부란부란, 울음이 번식한다

새는 울음소리들을 머리카락에 엮어 다리를 놓는다, 머리 카락과 함께 자라나는 다리는 강의 생각을 깊게 만든다, 다 리는 신중하다, 중심을 한군데에 두지 않는다, 사방팔방에 배치한 변두리가 다리의 중심을 떠받친다, 확산되는 다리를

불안e 안심하고 건너다닌다

그를 독파하기 위해 내 개체 수를 점점 늘려 나간다

숲

단풍나무 허리에 붙은 이름표는 목백일홍입니다

앵두가 체리로 불리는 언덕에 하얀 집을 짓고 싶지 않습
니다

꺾인 길을 양손에 쥔 거울이 텅 비어 있습니다

숲은 거울을 채우지도 통과하지도 않습니다

무인 카메라를 관리하는 무인은 늘 부재중입니다

바람이 얼굴과 모자를 바꿔 쓰는 걸 아무도 모르고 있군요

나는 털끝 의심도 없이 바람에게 몸을 빌려 줍니다

고요가 산벚나무 기둥에서 미끄러집니다

솔잎에 걸려 있던 저녁달이 한 발짝 나아갑니다

소나무 숲이 좋은 건 소나무 그늘에 내 그늘이 찔리지 않기
때문입니다

두 그림자 베어진 현사시나무 나이테를 휘돌며 심장을 차
곡차곡 접습니다

내 바람은 다른 숲 어디쯤을 지나가고 있습니다

오늘의 철조망

한 남자를 태우고 말이 해안선을 헝클어뜨리며 달렸다
바위섬이 놀라 파도를 되돌려 보냈다

습관에 말발굽이 달리면
내 마음이 의자로 바뀌면
누굴 태우고
어디로 달려갈까

등대 허리를 휘감으며 울부짖는 야수들

알겠다
밤의 껍질을 벗기고 어둠의 뒤통수를 채찍질하며 달리는
바람의 악다구니를

갈 데까지 가라
그래야 바람이지
그래야 터진 공도 높은 공중을 가질 수 있지

세상에 없는 빛깔의 바다 주머니

심해에서 발돋움해 온 포말이
해변을 가린 흰 눈의 마음을 단번에 알아본다

알아본다는 건 지구를 뒤집어 놔도
서로 섞이지 않을 경계를 갖겠다는 것

햇빛은 연신 바다를 닫고
바다는 연신 얼굴을 내밀었다

창문에 달라붙은 바다를 함부로 떼어 낼 수가 없다

수평선 앞쪽 바다는 얇아서
작은 섬으로 묶어 두기 좋다
내게 필요한 바다는 어차피 극소량

어젯밤 연인의 쌍꺼풀에선 말랑말랑한 바다가 쏟아져 나
왔다
팽팽한 수평선이라는 얕은 말을 내버렸다

밤에 바다가 소리로 변한다면,

무슨 색 비밀을 가질 수 있을까

세상에 없는 색깔의 주머니를 준비해야 한다면 내 피를 뽑아

꽃을 피워야 한다

멀리 서 있으면 뒷걸음치지 않아서 좋다

시간을 줄 테니…… 거리를 햇빛으로 바꿔 올래요?

햇, 빛, 때문에라는 말더듬이 손가락으로

2억 1천만 년 전이거나 2억 1천만 년 후이거나

눈동자를 빼 버린 밤이 백야다
지지 않는 낮달이 저녁 바다로 뛰어든다

바다로 딸려 온 흰 뭉게구름의 뭉게뭉게를 걷어 내 만든
수평선 끝을 서쪽 방향으로 15도 틀면 향기로운 입술이
생겨나고
그 입술이 내 입술에 닿아 뭉개져 나는 존재하지 않는다

존재하지 않는 내가
존재하는 나의 집 뒷문을 두드려
비둘기의 퇴화된 날개 뼈를 곧추세워 듣는 노래:

수요일부터 시작되는 달력을 걸고
거울 앞에 설 때마다 사라지는 한 겹의 나를 잡지 않네
거울 앞에 설 때마다 사라지지 않는 통째의 나를 붙잡아
거울 뒷면에 세워 두네

詩人을 誤入으로 읽어도 詩가 나와 誤入하지 않는
2억 1천만 년 전에 돌로 태어났거나
2억 1천만 년 후에 군함조로 태어나거나

>
백야의 눈동자를 품은 까만 방이 둥실 떠오르네

골목골목

가로와 세로가 서로를 원한다

가로 어깨에 포클레인이 꽂혀 있다. 어긋난 얼굴들이 굴러 다닌다. 휘어 들어온 빛이 얼굴들을 꿴다. 어디선가 본 생각 이다. 생각을 주워 담은 가로가 세로로 흘러 들어간다

쇠사슬 같은 발자국이 길게 이어지고 굳은 창틀을 쥐고 흔드는 바람의 거친 손, 오래전에 죽은 골목의 맥을 짚는다

네모반듯한 오후 네 시가 자물쇠를 주렁주렁 떨어뜨리자 노랗게 열쇠가 익어 간다. 환청을 꺼내 씹어 먹은 노거수가 길 끝에 안개를 부려 놓는다

낯선 선율 속으로 시위를 움켜쥔 화살이 날아가고, 하늘이 벗어 놓은 격자무늬 그림자 사이로 샘이 솟는다

손바닥에 흥건히 차오르는 붉은 새벽
어디선가 굴러 온 깡통 안에서 방위 지워진 두루마리 지 도가 풀려나온다

>

한 허리가 한 팔뚝의 자취를 찾아 가로와 세로의 교차점에
새로운 골목을 뚫는다

이를테면,

‘늑대와 춤을’이라는 이름을 들을 때

처음 늑대와 마주친 초원의 어스름, 평원을 함께 오가며
야생의 갈기를 손질해 주던 세월, 드디어 늑대와 함께 춤추는
초원으로 몰려오는

신록의 햇살과 새털구름, 강물의 긴 인사말, 발길에 튕기는
크고 작은 곤충들, 짓밟혀 누운 풀들 연골 어루더듬는 소리

헤아릴 수 없는 것들 한데 어우러진 풍광을 가늠하지 못
한다면

모닥불은 오직 마른 나무만 태운다 하겠지

가령 ‘서 있는 곰’이라는 이름을 들을 때

산속에 집을 짓는 생명의 뒤통수를 치던 번개, 고독을 함께
건넌 나무의 기원을 기억하는 이파리, 인내로 마술 카드를 만
들며 웃는 곰의

날카로운 이빨과 발톱, 오싹한 소름 혹은 웅담의 효능을
떠올린다면

괄호 속에 넣을 수 있는 마음 어디에 두어야 할까

>

이를테면, 까만 씨가 수박의 영혼이라면 누구든 수박씨 멀리
뱉기 놀이를 함부로 하지 않겠지

몸을 둥글게 말고 누운

둥글게 만 네 몸에서 구석기의 동굴 냄새를 맡는다
세상의 감옥은 모두 네모
고독을 가두면 두부처럼 굳어 함께 죽게 된다는 걸 선험적
으로 알았던 게야
기형으로 자라면 동굴 입구를 막을 수 있다는 것도

수직의 빗물을 받을 때 손바닥을 둥글게 모은다
어둠을 위무하는 전구도 둥글게
등 뒤 햇볕을 알리는 무지개도 둥글게
무질서한 소리를 모을 때 귓바퀴도 둥글게
아기 울음을 맨 먼저 달래는 젖꼭지도 둥글게
직선의 날개들이 파낸 허공도 둥글게

몸의 책략을 알고 있구나
죽은 듯 자고 일어난 자리에 햇빛이 들자
몸을 포개
둥글게 말고 누운
내
고양이야,
홀로의 꽃뱀아,

＞
정점에서 오래 계속되는 침묵의 스핀
위에 다시 몸을 둥글게 말고 눕는

파도에 들다

마음을 접으며 생각이 가늘게 휜다
외진 바다 마을의 아흐레가 포말처럼 부서질 준비를 한다
열흘을 잘라 말려 밀봉해 둔다
한 일 년 거뜬히 지낼 영혼이 생겨난다

눈 밝은 파도가 따라와
가슴 한가운데 커다란 창문을 내어 준다

모래밭에 놓인 철조망 그림자를 타고 넘어가도 또 모래밭
떠다니는 바다에 섬을 심어 주었다
눈밭에서 파도의 하얀 신발을 찾아 신었다
갈매기가 모르는 공중의 어혈을 눌러 피를 돌게 하였다
거울에서 꺼낸 볕으로 차가운 이마를 쪼이고
햇볕 뒷면에 놓인 심해에 앉아 해일을 넘겼다

남아 있는 손으로 멀리 달아나는 별자리를 더듬으며
새벽 얇은 어둠 속에 젖은 마음을 넣어 두었다

눈길은 녹아 큰 발자국으로 심장을 바꿔 달고
컴컴한 대로에선 신호등 혼자 어둠을 쥐었다 풀고

제3부

겨울, 전야제

하얀 뱀을 풀어놓느라 바다가 들끓었다

손바닥이 두툼한 바람이 백사장의 연인을 잡아 흔들었다

비틀거리는 그들 주위로 흰 뱀의 무리가 몰려들었다

상처 난 발목에서 하얀 피가 낭자하게 흘러나왔다

쭈그려 앉아 서로 무릎을 감싸 안은 두 사람

모래밭에 흩어져 있던 조개들이 나비처럼 날개를 푸드득
거린다

날아오르는 나비를 따라 남녀가 공중으로 사라진다

벗어 놓은 신발에서 엉킨 발자국이 나와 정렬되었다

부르다 놓고 간 노래에서 두 입술이 떨어져 나왔다

처음 열리는 입술에서 파란 해안선이 줄줄이 흘러나오고

>

연인을 놓친 바람이 자지러지는 저녁을 바다 입에 우겨 넣
는다

회화나무와 산사나무가

회화나무 앞에 선 나와
산사나무 앞에 선 내가
서로를 알아본다 짐짓
—나도 모르는 나를 알아보다니, 지금 여기서

회화나무 안으로 들여보낸 눈동자와
산사나무 안으로 들여보낸 눈동자가
한 얼굴에서 눈을 이룬다
맞지 않는 초점으로 두리번거린다
—이봐, 어딜 보는 거야

5시 55분에 아몬드를 즐겨 먹는 여인과
눈 맞추는 펫트의 눈에선
흰자위가 드러나지 않는다
—자네, 흰자위는 무엇을 볼 때 사용하나

두터운 북극 빙하 밑으로도 달과 태양이 뜬다
간조 때를 틈타 처녀는 빙하 밑으로 홍합을 따러 갔다
처녀를 내려놓은 이누이트 사내 손엔 태양이 한 아름
긴 손톱을 태양에 박아 넣고 있다

—빙하 아래 처녀가 태양보다 더 뜨거워

회화나무 꽃잎이 산사나무 향기 속에서
붉은 혀를 내민다

목어 안으로 들어가 우는 물고기

생은 기억해 내지 못하는 까만 별들로 불을 지피는데

아이들은 왜 거지 흉내를 내며 놀까요?

비상벨을 누르려다 뱀을 눌러 버리곤 목어 안으로 물고기를
우겨 넣고 있어요

北쪽에서 東쪽이 불어닥치자 헛웃음이 터져 나왔죠

나에게서 비롯된 너이거나
바다 몇 장 찢은 후에 떠오르는 노란 태양의 숨소리를 들을
수 있었어요
어쩌면 지나가는 바람에 말려든 건지도 모르겠습니다

소나무 숲을 거닐다 뜯어 버리기 좋게 몸에 구멍 낼 자리를
찾는 유령을 보고 목어 배 속으로 숨어들었어요

나를 위로한다고 목어 배 속에 물을 흘려 넣지 마시길

달력에 걸어 둔 발목이 호흡 곤란을 겪으며 가늘어지고

있지만

아무쪼록

● 후안 라몬 히메네스의 「모게르 마을의 시요일」에서.

업그레이드되는 태양의 서버

까치라는 아이디로 아침 햇볕에 구멍을 내고
베일에 싸여 있던 자료를 내려받는다
무지개의 씨알, 비의 세포줄기
봄의 옛 연인
비행기 창문을 들여다보던 보름달

유출된 통합 정보로 사방이 반짝거린다, 나는
노출된 주체의 심정을 이해하기 위한 태도를 취할 수도
있고
그렇지 않을 수도 있다

투명한 몸의 장점은 상대의 모양과 빛깔을 다 받아들일
수 있는 것
단점은 너무 많은 상대로 인해 나를 토할 수 있는 것

모든 햇볕은 전시를 거부하지만
공간을 규정하는 아이콘이 개발되면 언제든지 진열될 수
있다

로그아웃으로 눅눅해지는 햇볕을

팝콘이라는 아이디에 넣어 바삭하게 튀겨 낸다

아침 아홉 시의 숨골에서 복제된 까치들
꽃잎을 털어 내며 내 속으로 잠입한다

애인이 얇아진다면

한 달에 한 번 보름달을 찾아가 몸을 덜어 내면
어둠 속으로
복숭아 즙의 다디단 기운이 스며들었다

달빛의 뒷문이 차르르 열렸다

목이 좁은 용기 안에 고여 있는 빛을 움켜쥔 채
손을 빼려다
손목이 일그러졌다

때론 빛을 과식해
불룩해진 배 안에서 쓸데없는 미래가 우글거렸다

가시나무를 씹느라 입에 피가 고인 낙타의
눈으로 흘러들기를 바라며
오늘의 운세를 뭉쳐 던진 날에는
보름달이 더디 뜨거나 어두운 중천에서 움직이지 않았다

어둠이 얇게 진화한다면

>
노랗게 접어
산비장이꽃의 꿀을 빨고 있는 호랑나비 등에 올려놓겠다

어둠 속에서 한 줄기 어둠이 되는 건
어둠의 푸른 광채를 빌려 치명적으로 빛을 유혹하기 위한 일

하룻밤 그러고 말기에는

달빛 향이 너무 간지러워서

사과 한입 베어 물듯 나를 베어 물고 다른 공간으로 옮겨
놓는다

강은 물을 놓치고
모래 둔덕의 물오리는 가슴 털에 부리를 접어 넣었다

비어 있는 며칠을 뒤적거리는데 일기장에서 검은 어금니가
툭 떨어진다

인절미에 콩고물 묻히듯 조몰락거리며 달빛을 마무리하다
떨어뜨린다

지금 이 순간이 아니면 언제 또 그럴지 몰라, 맘껏

긁고 할퀸다

하룻밤 간지럽고 말기에는 달빛 섬모의 촉수가 너무 길다

>
또 다른 장소에서 쓰고 있는,

애년(艾年)의 반성문을 비추는 달빛도 아직 멈추지 않았다

바람의 힘줄

너와 나 이각형이
삼각형을 굴렸다
트라이앵글보다 더 명징한
소리의 뒤를 이어
삵 한 마리 재빠르게 빠져나갔다

이각형의 한 변을 들어 삵의 그림자로 괴어 놓았다
내 꿈은
그림자를 깎아 자소상을 만들어
네 안에 깃들인 북극성의 심장 부위에 세워 두는 일

구겨 버린 흰 종이 위에 달빛을 채우고 고목의 뒤로 사라져
버리는
순한 어둠과
길게 나눈 마지막 키스 위에 철로를 세우고
기차야 달려라, 불 꺼진 창문들을 지나쳐 가자

그간 무수히 주고받은 옆모습
장미 문신해 벽에 걸어 두었다
해골도 못 알아볼 미숙한 사랑의 토이모코

>
절벽보다 더 가파른 입술에 새 둥우리 같은 입술을 붙이고
입안 가득한 모음의 씨알을 빼먹는다

오늘 목을 조인 바람의 힘줄이 거기서 나왔다

수평선
―풍선

수평선을 600광년으로 늘려 버린

기이한 행성이다

우연히 호흡한 낯선 이의 휘파람을

핵으로 여기고 맹렬히 부푼다

삭망(朔望)도 없이

제 속에 해와 달을 지니고 있는 게 분명하다

조금과 사리

인력과 중력

태양의 폭풍까지 속으로 싸안고

거대한 블랙홀에 맞서고 있다

바람에게는 알리지도 않고

바람의 모서리를 뭉개면서

길이 없는 숲 속의 즐거움과

고적한 바닷가 황홀함°을 즐기는

내 속의 또 다른 한 여인 케플러-22b를 닮았다

성대가 늙지 않는 휘파람을 그녀에게 먹이고 싶다

●바이런의 「길이 없는 숲 속에 즐거움이 있고」에서.

수평선
—로그인

수평선에 꽂혀 하루에 두 번씩 빙글 돌아 위치를 바꾸는 하늘과 바다다

편두통은 몸 양쪽이 서로 외면하며 다른 꿈을 꾸고 있다는 사실을 깨우쳐 준다

정수리에서 수직으로
몸을 관통한 자전축에 꽂힌 채
수시로 분열하는

나는 수직의 수평선에 늘 로그인되어 있는 셈

커튼과 구름, 바람과 모자, 우물과 하늘이 대칭을 이룬 이상한 데칼코마니

지구는 나라는 수평선을 통해 우주에 로그인한다

수평선
—과수원

수평선 벼리는 칼을 품은 사람

빨간 사과를 켜고

코일에 감긴 수평선을 빼내는 사람

수평선이 잘릴 때 혀 깨물려 피 흘리는 사람

사각거리는 과육을 귀로 맛보다

과즙에 홀려 잠든 수평선을 깨우기 위해 사과 등에 탁, 칼을
꽂는 사람

(봄볕의 뼈를 찾겠다고 단감 깎는 당신, 차라리 그물멜론을
깨뜨리지, 멜론의 벙어리 수평선들과 수화나 하지)

수평선
—햇빛

칼 구두 만년필
봄을 절개하는 데 충분한 도구다
밤의 칠흑 모서리가 찢어지지 않아
공중에 손바닥을 맞추었다
파르스름한 어둠이 딱 그만큼 녹아내렸다
잘 간직했다가 이른 아침 화선지에 배채한다
아주 알맞은 햇빛이 배어들었다
칼을 버렸다, 손바닥이 칼을 대신해 주었으니
이것은 봄바람에 대한 가장 능동적인 방어
화선지 위 빛의 경로를 추적해 간다
까매지는 그림자에 옻칠하고 만년필 뚜껑을 닫는다
그림자는 빛을 깨닫기에 가장 좋은 도형
건조한 바다에 구두를 띄워야
되도록 멀리, 수평선에 찔리지 않게
그래야 더 긴 봄을 신을 수 있는 이것은
구두와 발이 비례하지 않는 향유의 공식
너만 짧아진 봄이다

한 그루 혈관

항공 촬영된 강줄기는 600년 된 느티나무다

강줄기를 거슬러 오르는 배 한 척, 수액을 찾아 기는 사
슴벌레다

겨울 하늘을 배경으로 선 느티는 노른자에 무성한 혈관을
뻗친 새알의 실루엣이다

노른자에 비친 혈관이 굵어지고 털이 자라 날개를 파득
거릴 때

강물 속 물고기들은 깨진 비늘을 솎아 내고, 느티는 노랑
나비 날개를 가지에 달고 햇살을 퉁긴다

혈관에 미처 피가 흐르기도 전에 포식자가 노른자를 날름
쪼아 먹으면

느티는 벼락을 맞아 큰 가지를 잃는다

태풍에 몸을 떨던 창호지 문의 마른 쑥이 쪽 찢어지고 엽
총에 맞은 새가 물고기를 입에 문 채 곤두박질친다

몸속에 강이 흐르고 느티가 자라는 나는

너를 횡단하기 알맞게 말랑말랑한 행성이다

흩날리는 종

극락새가 살던 종이 속에서 종이 울린다

종소리 사이로 종종걸음 치는 눈발이 녹는다

종이를 편다, 접혔던 자국에서 강물이 샌다

허공은 혼자이고 싶어 새를 자꾸
한데로 밀어낸다 그럴수록 공중은 점점 줄어들어

종이가 잘게 부서진다
눈사람이 종이를 뭉쳐 모자를 만들어 쓴다

모자 안에 종소리가 고인다, 종소리 따라 점점 둥그레지는
모자

따뜻한 손바닥을 비비자 손금에서 잉크가 흘러나온다

종소리 얇아지고 공중이 언뜻 뒤섞인다, 종소리에 촉이
돋는다

아흔아홉 구름의 양치기

파도가 기대하는 건 바다의 재편성

멀찍이서 바라보는 달, 그 너머에 인공 달 하나가 이마에 눈알을 달고 미닫이문 같은 눈꺼풀로 태양과 달의 힘을 조율하고 있지만요

바람 잠잠하던 어느 날, 기절해 있던 정오가 깨어나 토해 내는 햇빛의 유리 알갱이

오, 토하다니 얼마나 기쁠까요
토사물을 비벼 흩뿌리면 갯마을을 싸고 있던 아홉 겹의 해무가 농담식으로 지워지지요

손금 안에서 파도가 부화되고 있어요
잃어버린 한 개의 구름을 찾느라 아흔아홉의 구름을 놓친 양치기는
구름을 말아 넣은 유리 상자에서 어둠이 스민 구름을 빼내고 있어요

어둠이 퍼질까요, 구름이 퍼질까요

몸속 죽은 양을 꺼내 놓고 파도는 바다를 오려 낼까요?

방향성

당신의 말소리는 왼쪽에서 오른쪽으로 흐른다
입술은 왼쪽 귓밥을 물고 연꽃에 대해 생각한다

소리의 색깔을 바꾸려고
당신 말소리를 오른쪽 귓바퀴에 걸어 놓고 비를 맞힌다

다리는 강이 잊은 방향을 흠향하며 무럭무럭 자라난다
과거와 미래를 개키는 현재의 손에서 가위가 자란다

강을 역류하다 동쪽을 허물고 서쪽 기슭의 뺨을 친다
귀와 다리는 입속을 드나드는 혀의 방향을 모방한다

혀의 중앙에서 흘러나오는
침은 모든 방향을 무화시킨다

귀는 소리를, 다리는 발자국을 비판하지 않는다
소리와 발자국이 경험한 가장 위험한 철학

오른쪽 귀로 빠져나온 말소리는 왼쪽 귀에 돌을 던진다
발자국은 돌을 갈아 강물에 뿌리고 조류의 표정을 관찰

한다

제4부

첫물

마개를 벗자마자
안개의 지문이 피어오른다
공기 세포를 어루만지며
감각의 처음에 흠칫흠칫 놀라는
어깨춤

당신 멍을 쓰다듬으며
멍의 최초 기억이 손가락무늬를 만들었으리라 직감한다

그간 보냈던 무수한 내 손짓은
통증을 산화시키는 리라였다
일곱 줄의 멍을 뜯으며 노래 부르는 님프였다

지문에 스며 있던 푸른 강줄기가 당신 가슴으로 범람할 때
나는 눈물과 웃음 사이에 끼어 있던
붉고 가느다란 소리의 인상착의를
손바닥에 세밀하게 새겨 넣었다

어두운 계단을 다 오르고 나서야 선명해지는 마음의 상형

>

옹달샘의 긴 잠 여는 소리를 열두 개의 귀로 듣는다

바람의 변증법

산은 바람을 단순하게 관찰해 왔다
바람 부는 날 그렇지 않은 날

나무가 흔들리지 않는 날은 산이 거짓말하고 있다고 느
끼거나
누군가 몰래 산 입에 재갈을 물렸다고 생각하면
어느새 바람으로 관점이 바뀌어 있는 것이다

폭설에 갇혀 어떻게 해 볼 도리가 없는 발목을 기대하거나
강의 지도가 그려진 돌을 주물러 강물을 해석해 보고 싶어
하는 건
얼굴 긁어 줄 동전을 기다리고 있는 프레임의 방식

신발을 신다 넘어져 코가 깨진 새끼 바람도 있다
고 중얼거리는 건
저녁이 환해지는 게 등불의 힘이 아니라
문틈에 고인 어스름의 눈 흘기는 힘이란 걸 알기 때문이다

산의 관점을 흐리고 늘어진 바람의 뒷머리 자르는 이야기

>
바람의 변증법은 늘 한 줄의 우문으로 잠잠해진다

반지

지구를 살짝 비껴간 소행성에게 반지를 팔아넘기지 못해
엉덩이가 살찌고 가슴이 부풀어 올랐지
어여뻐라, 동그란 금기
그런 건 토성의 고리로나 어울려, 지겨워서 반짝거리는

구름이 손가락을 움직일 때마다 하늘은 붉었다 푸르렀다
하지
하늘은 노을을 서약한 적 없어
가운뎃손가락으로 어둠에 못을 박고 서슴없이 달을 매달지

서랍에 모아 둔 손가락을 꺼내 손톱 날을 세우고 국경을
넘어서지
부장품 같은 손가락이 몇 개인지는 세지 않아도 돼

금기로 테를 두른 접시에 차곡차곡 쌓아 둔 구름과
죽은 파도를 깨뜨리는 자정

달력을 태우며 춤추는 마야 족장의 지팡이를 보았지
높이 쳐들었다가 땅을 내리치자
무수한 반지로 쪼개지는

>
지붕을 부수고 무지개 입술에 닿고서야
백한 번째 손가락을 마저 잘라 버린다

T의 현상학

진공 처리된 웃음을 터트린다, 손뼉이다
시든 공기 방울에 색칠한다, 꽃이다
허우적거리는 물을 달랜다, 돌다리다
하늘땅을 뒤섞는다, 나무 밑동이다
최소한의 침묵을 영사한다, 벽돌이다

아침 햇살이 그네를 민다
한 몸이 처음의 높이를 만난다

귓불은 듣지 못하고 얼굴은 보지 못한다
달팽이관의 비늘 비비는 소리를 듣고 시신경이 전송한 나비 무늬를 뒤늦게 해석한다
눈동자의 나비 무늬와 뒤늦은 나비 무늬 사이에 계절이 두 개나 들어 있다

들판을 뒤져 나비가 갖게 된 표범이나 사향제비, 노랑 잎사귀의 근거를 헤아리는 동안
언덕 기우는 소리 듣는 달팽이관을 눈동자가 알아본다

T는 나에 반사됨으로써 소리와 빛을 얻는다

T와 나는 백만 년 전에 죽은 별을 공유한다

적도를 찾는 사람

물감의 튜브 뚜껑을 던져 버린다

빨강 물감은 배 속의 공기를 빼내며 수피 댄스를 춘다, 회전에 도취된 무릎에서 튀어나온 분홍빛 거짓말이 하늘을 건너뛴다, 고장 나지 않은 기억의 시계에서는 시침과 분침이 서로 다른 얼굴을 만지고 있다, 북회귀선을 지나면서 찢어 버리려던 옷을 차곡차곡 개켜 둔다

오작동된 웃음소리가 열렸다 닫히면서 분홍빛 치열이 가지런히 놓인다

중력을 벗어난 파도가 픽셀이 어긋난 채 모래밭에 내려앉는다, 모래가 몸을 뒤치며 파도를 건조시킨다

적도 주변에 붉은 물감이 흥건한 건 엎질러진 방향 때문

미래가 가장 먼저 한 일은 미래를 꺾어 버린 일
뒤이어
열매가 찾아왔고
향기가 날아왔다

향기의 문신을 더듬어 바람의 자오선을 그릴 때

>

위도 0에서 휘돌기를 멈춘 새하얀 꽃송이가 지구를 물고
태풍의 눈으로 들어가 버린다

밤의 언어: 외국어 서적 대역본이라고 업데이트해 놓겠어
원어와 나란히 놓인 페이지에선
완전한 번역 불가능을 전제한 겸손함이 읽히지

한두 겹 어둠이 걷히는 중이라고 각주를 다는 것도 괜찮
겠어
세 겹 이상을 아는 건 나무껍질 벗기는 것보다 한층 어려
운 일

너를 믿지 않는 건 내 믿음의 은총
너를 모르는 건 내 앎의 전부
너를 보는 나의 맹안 속에 잘 제본되어 있는
강물 한 권이 밤의 책갈피를 넘기려 한다

여행자라면 한 줄로 압축할 수 있는 것들; 하지만
초승달 아래서 소리가 방울 갈아 끼우는 모습을 오래 지켜
볼 수 있었던 건 밤에 대한 믿음 덕분이다

강물을 자르는 게 예리한 칼인지 돌덩이인지 생각해 보는
시간;

'천만 개 은하에 존재하는 천만 개 행성 중 지구에만 진화
된 생물체가 살고 있을 가능성은 매우 낮다'는 스티븐 호킹의
말이 사전 한 페이지를 호쾌하게 찢어 낸다

불안이 블루 프린트되는 윈도 XP 안에서
자정이 넘어서까지 웅웅 앓고 있는 나의 위키 위키백과여
좌불안석이여

발가락이 나뭇가지를 닮은 까닭

흰 구름 버블버블, 공중을 지우며 하늘의 속살 빼무는 동안
물은 흐르면서 강을 지우고 바다를 지운다

바람에서 미소를 빼내자 한 장의 종이로 지상에 내려앉
는다
웃음 불어넣어도 다시 날지 않는다

서랍 하나를 해체해 사과나무로 개량한다

서랍 빠진 두 번째 사랑에 밤을 밀어 넣으면 어둠이 지워
지고
꿈을 밀어 넣으면 구곡양장 길을 뱉는다

높이 자란 가로수는 세 번째 사랑으로 만날 수도 있다

아름다운 무늬에 매혹돼 문짝을 열면
오래전 내 발자국의 거짓말이 알아보고
눈짓을 보낼지도 모른다, 이렇게 만나게 될 줄은
하고 사과꽃을 뿌리면, 흰 구름 버블버블

모래알

귓속에 쌓인 발자국을 바닷물로 헹구었다
귓속말은 씨방을 열어 밑씨를 무한정 퍼뜨렸다

푸른 바다를 이어 붙이기 위해 귓속말은
온몸으로 달을 밀고 당긴다
모래알을 주워 먹은 은빛 달이 살짝 입술을 연다

무늬를 업은 물결이 해안가 검은 바위 위에 엎드린다
햇빛이 미끄러지면서 놓친 알 속에서 낯선 주먹이 튀어나
왔다

그건 아무도 알고 싶어 하지 않는 불편한 공기

손바닥에 복사된 귓바퀴를 보고
당신이 손목을 떨어뜨릴 때
비대칭의 바다가 기쁘게 어긋났다

입안에 감추어 놓은 딱딱한 주머니를 서로 꺼내 주면서
우리는 어두워지는 모래산을 몇 번 더 뒤집었다

모자 속 반달

창문 닫으려다 깜짝
문틀에 잘린 반쪽 달!의 혀는 짧다
잘린 게 아니라 침묵을 빌린 거라 말하는

잠들기 전, 굵은 빗소리를 물어뜯는 야생동물의 이빨 소리
새벽잠에서 깨어나면서 들은 똑같은 소리
뜯기지 않은 빗소리의 발목은 점점 굵어진다

그를 불러낸 고비사막의 모래는 깊다
미래를 찾아다니는 영혼의 모래알이 오래된 지평선을 헝
클어뜨린다, 한쪽이 일그러진 지구가 몸을 흔든다

생중계되는 시간의 도마질 소리에 바코드를 새겨 옥션에
경매하면 지구는 당장 고무풍선 같은 배를 가시로 찌를 것
이다

창틀을 부수고 반달의 멍을 비벼 풀어 준다
미래를 게워 낸 반달
얼굴 가죽을 벗겨 창틀에 건다

\>

밤하늘이 거꾸로 두 바퀴째 회전하는 중이다

앓을 수 없는 일

새의 깃털로 펜을 만들어 희망을 적었다면
새의 피로 붉은 절망을 쓰지 않을 수 없는 일

돌 수제비로 강을 배불리 먹였다면
물고기 비늘로 햇살을 엮지 않을 수 없는 일

투명한 유리병 속 과일이 고요하다면
기만의 입자 남김없이 터트리고 있는 일

그러니 석 달 열흘 눈 감고 귀 열어요

텅 빈 배 속에서 느끼는
천수관음 천 번째 손가락의 감촉
산 정상에서 얼어 죽은 돌부처 머리 위의 눈송이
(혹은 물 없는 능선에서 말라 죽은 나뭇가지 위의 빗줄기)

단어들도 사랑한다 하니
눈송이들도 모래들도
서랍들도 봄비 속 풋대추들도
보도블록 틈과 하이힐 굽, 번개와 피뢰침, 종이와 칼

‘누나, 안녕!’ 짧은 문자로 인연을 지우고 떠난 동생을
사랑하지 않을 수 없는 일

열세 살 난 어둠이 순결한 침을 뱉어 스무 살 난 어둠을 검게
물들이는 밤

죽음들은 푸른 구름을 생산하기 위해 꿈틀거리고요

갖풀에 풀어 넣어 얇게 바른 필름이라는 죽음 효과

가지를태운그을음에갖풀을섞어만든먹을벼루에갈아노루
오줌청설모앞발톱뒤섞어그린수묵화에취한내눈의홍채와맞
닿는순간을기다려온
소나무 生이 있을 수 있다

꿀벌 뒷다리를 잡고 날아가는 꽃가루에게 공중의 높이는
충분히 즐거운가

붓끝은 아직 구름의 이름으로 떨고 있고

항아리라 말할 수 없는 항아리에 물을 부으려는 너는
나이테 사이에서 새어 나오는 바람의 풍금 소리 들으며
무덤의 둥근 원주 안에서만 활동하는 기억을 죽음의 질병
이라고 말한다

집행유예로 익어 가는 내 나무의 열매는 시고 떫다

밤의 의상이 되기에 이른 어둠 한 귀퉁이를 찢어 몸에 호
았을 때
꿈속에서 벌거숭이로 찾아온 어머니는 아무 절차 없이 나의

아기가 되었다가
　해무에 주저앉은 소처럼 울자 내 옷을 벗어던지고 다시 맨
몸으로 돌아섰다

　나는 트라이앵글 바깥으로 내동댕이쳐졌다
　수묵화가는 먹을 내려놓고 나를 벼루에 올렸다
　내 몸 여러 곳에서 솔가지가 가려운 무렵이 지나갔다

너에게만 읽히는 블로그의 태그

수도적

꽉 잠겨 있던 수도꼭지를 힘주어 돌리자 사방으로 물이 튄다. 너무 오래 많은 걸 머금고 있었다. 수동적을 수도적이라고 잘못 썼다.

스스로 분출할 수 없으니 수도가 수동적인 건 명백한 일. 녹물은 핏물과 다르지 않지.

애인아

두꺼운 전화번호부 두 권의 갈피갈피를 서로 맞물려 놓고 대형 트럭이 양쪽에서 당겨도 떨어지지 않는다. 쉽게 찢어질 낱장들의 허약함을 알지만,

애인아, 그 정도 자력은 있어야 사랑하지, 사랑이지.

無明草

유리 파편이 박힌 것처럼 발뒤꿈치가 아팠다. 며칠 견디다 작정하고 돋보기를 들이댔다. 머리카락이 박혀 있었다. 1밀리미터쯤 될까.

불신 한 가닥이 믿음의 몸체를 찔러 파열시키는 순간

조각

아기 손바닥만 한 조각을 들고 고고학자가 흥분해서 소리
친다. 새로운 빗살무늬토기를 발견했습니다. 아무렴, 산산조
각으로 깨졌어도 토기는 토기, 나는 나.

물방울은 강이 아니지.

거대 폭포 아래서 만지작거리는 나쁜 버릇

첩첩 암중 속으로
하얀 박수 소리를 저글링하며 끼어드는 함박눈이다

하늘에서 시작되는 거대한 폭포

어둠은
폭포 소리를 귀에 꽂고 주머니를 뒤집어 비밀을 털어 낸다

그 밤에 죽은 부모가 찾아와 이삿짐을 싸 주었다
느 릿 느 릿
보이지 않지만 질감 좋은 태양을 쓰다듬었다

차가워, 저리 치워!

거친 말소리에 집집마다 벽돌이 기우뚱한다
고드름으로 이어진 지붕의 긴 고백이 바닥을 깨뜨린다

발로 차긴 해도 누르지는 마
난 스프링이 아니야

>

함박눈 내릴 때마다 만지작거리는 나쁜 버릇은

찾아가기 좋게, 사랑이나 기다림의 관자놀이를 분홍빛으로

물들인다

약간의 불편을 덜어 내면 빨갛게 끓어오른다

　모두 엎드려

손이 놓인 방향으로 물길이 만들어진다

무인호텔에 든 혹한

긴 겨울을 함께할 사랑은 어디에 있나
넘어진 바람이 헐겁게 흩어진다

깊고 짧은 잠을 자기 위해 머리맡에 전등 하나를 켜 두었다

붉은 돌 오찌데를 갈아 만든 화장품을 발라
나미브의 여인들은 머리부터 발끝까지 발갛다
바람과 겨루는 인간의 지혜는 붉은빛을 띤다, 대체로

붉은 얼굴에 엎힌 붉은 얼굴이 흉물스러운 걸
혹한을 뚫기 위해 타고 내린 시골 버스 발판을 밟으며 깨
닫는다

혀가 긴 뮤즈, 당신을 기다려 나를 핥는다
당신이 오는 날 나는 다 닳아 없을 수도 있다
나를 핥아
혹한을 녹여 먹는다면
뒷모습에 얼굴을 새겨 넣는다면

당신과 함께 넘은 아흔아홉 굽이 고갯길에서

멀리 있어도 불붙은 것 같은
당신 뮤즈의 심장에 가까이 더 가까이

卍

보름달이 중천에 올라 있었다
산 중턱에서 한 점 야광이 반짝거렸다
어떤 동물의 눈빛일까
아침에 보니 잘린 나무 밑동이었다
아직 닫지 않은 식물의 정신이었다
강물에 빠진 보름달
물속에서 달이 내뱉는 하늘의 말씀
내뱉지 못한 말들을 모아 구운 빵빵한 공갈빵
여기, 한 개만 싸 주세요
뒤돌아보는 이는 입만 벌린 벙어리
공갈빵 바스러뜨리면 터져 나오는 모음의 처녀처럼
줄기 끝에서 산화되어야 하는 나무의 말씀이
잘린 물관부에서 헉, 헉 수화되고 있지만
완전한 생은 이런 거라고 단정할 수 없는
가던 길 그대로의 가쁨, 반짝거림
한 촉 잡아당겨 돌돌 말아 입에 넣으면
햇살은 환한 말의 덩이
절대 순간의 한 돈쭝

주사위 던지기

고봉준

1

아도르노(Theodor adorno)는 사유의 가치는 친숙한 것의 연속성이 얼마나 떨어져 있는가를 통해 측정된다고 말했다. 사유는 대개 낯선 것의 외부성이 촉발시키는 반응으로 시작된다. 우리가 '일상'이라는 단어를 사용할 때의 그 느낌 그대로 익숙한 것, 동일하게 반복되는 습관적인 것은 외부성의 능력을 거의 갖고 있지 않다. '사유'와 '외부성'의 관계는 '시(예술)'에도 동일하게 적용될 수 있어서, '사유'의 자리에 '시(예술)'를 넣으면 '시(예술)'의 가치 역시 가늠될 수 있을 것이다. 물론 이 친숙한 것과의 '거리'는 해체−구성의 과정이지 그것 자체가 목적은 아니다. '거리/외부성'에 대한 이러한 강조는 예술적 모더니티의 맥락에서 주목되어 왔다. 한편으로 그것은 원자화된 개인들의 단자적인 삶, 즉 현대 세계의 파편성에 조응하는 예술적 세계관으로 주장되었고, 또 한편으로 비

㈎재현/반㈃리얼리즘의 현대적 형식으로 제기되었다. 현대 예술은 이처럼 조화보다는 불협화의 긴장에, 전체성보다는 파편성에, 감정의 순화보다는 충격에 리비도를 집중적으로 투여하고 있다.

이정란의 이번 시집은 그녀의 시 세계에서 일종의 카타스트로피(Catastrophe)이다. 그리스어에서 유래한 이 낯선 수학적 언어는 돌연한 파동, 파국과 종말을 가리킨다. 미세한 변화에 의한 급격한 상태 전환, 안정과 불안정 상태에서의 급격한 변화가 시작되는 지점이 곧 카타스트로피인 것이다. 시인은 리얼리즘적 문법과 자연적 서정의 세례 속에서 오랫동안 타자/세계와의 시적 교감을 모색해 왔다. 비유컨대 그녀의 이전 시들은 익숙한 것들을 낯선 것으로 만드는 원심력의 시보다는 낯선 것들을 익숙한 것으로, 감정과 감각의 차원에서 받아들일 수 있는 것으로 만드는 구심력의 시에 가까웠다. 이는 소재의 차원보다는 그것들을 감각하고 언어화하는 과정의 다름에서 비롯되는 차이이다. 그녀의 이전 시들은 주제 의식이 비교적 선명하고 감정의 음계가 뚜렷했다. 그녀의 언어들은 균열된 세계를 봉합하려는 은유의 힘에 기대어 '인간-세계', '나-너'의 분열을 가로지르려는 에너지로 충만해 있었다. 이러한 힘과 에너지로 인해서 그녀의 시들은 선명할 수 있었고, 그에 비례하여 독자들에게 전통적인 독법을 요청했다.

하지만 이번 시집에서 그러한 전통적 발화는 분명하게 퇴조하고 있다. 대신 반㈃리얼리즘 문법과 시적 몽타주, 상식

적인 의미의 연쇄를 불가능하게 만드는 반(反)의미화의 경향
이 두드러진다. 시집 『눈사람 라라』의 가장 두드러진 특징
은 시적 상상력과 언어에서의 급격한 변화이다. 이는 그녀
의 시 세계에 의미심장한 변화가 생겼다는 징후(symptom)이
다. 이 징후를 통해 우리는 그녀의 시가 '감동'의 시에서 '사
유'의 시로, 정(情) 즉 가슴에 호소하는 시에서 지(知) 즉 머리
에 호소하는 시로 이동하고 있음을 경험하게 된다. 전자가 시
인의 감정적 진정성에 기초한 독백의 형식이라면, 후자는 감
각적 새로움이 제공하는 '충격' 효과를 무매개적으로 병치시
키는 형식이다. 이러한 사유의 시에서 '방법'은 '세계'에 앞선
다. 이것은 이해하지 못해도 느낄 수 있는 것으로의 '충격'에
가깝다. 물론 이정란의 이러한 변화는 경향성의 차원에서만
확인될 뿐, 실제로 모든 시가 이 징후에 속하지는 않는다. 정
확히 말하면 다수의 작품들은 경향성의 변화 사이에 위치하
고 있다. 가령

하얀 뱀을 풀어놓느라 바다가 들끓었다

손바닥이 두툼한 바람이 백사장의 연인을 잡아 흔들었다

비틀거리는 그들 주위로 흰 뱀의 무리가 몰려들었다

상처 난 발목에서 하얀 피가 낭자하게 흘러나왔다

>

　　쭈그려 앉아 서로 무릎을 감싸 안은 두 사람

　　모래밭에 흩어져 있던 조개들이 나비처럼 날개를 푸드득
　거린다

—「겨울, 전야제」 부분

같은 작품은 은유와 이미지의 연쇄를 통해 대상-풍경을 객
관적 상관물로 표상하는 전통적인 작시법의 사례이다. 이 시
에서 시상의 전개를 이끌고 있는 것은 이미지와 비유(은유)
이다. 시인은 겨울, 바닷가 백사장 위의 연인-남녀를 본다.
1연에서 겨울 바다의 파도는 꿈틀거리며 몰려드는 "하얀 뱀"
에 비유되고, 2연에서 연인들은 몸을 가볍게 흔드는 "두툼한
바람"을 맞으며 걷고 있다. 3연에서는 "비틀거리는 그들 주
위"에 다시 한 떼의 파도("뱀")가 몰려들고, 마침내 발목이 젖
은 그들은 4연에서 "하얀 피"를 닮은 거품을 흘려보낸다. 겨
울 풍경을 이미지와 비유에 의해 포착한 이 시는 일정한 정서
적 효과를 낳기는 하지만 특별한 주제를 담고 있지는 않다.
때문에 독자들은 한 편의 겨울 풍경을 바라보듯이 심리적 거
리를 두고 읽게 된다. 이러한 시적 안정성은 「한 그루 혈관」
에서도 동일하다. 이 시의 기본적인 발상은 "항공 촬영된 강
줄기"와 "느티나무"의 시각적 유사성이다. 시인은 "항공 촬영
된 강줄기"의 사진을 보면서 오래된 나무를 떠올렸을 것이다.
"강줄기"와 사방으로 가지를 뻗치고 있는 "느티나무"는 선형
적인 이미지로서 유사성을 지닌다. "강줄기"="느티나무"라는

유사성의 체계는 그 이후 다른 사물/세계로 확장되는데, 이를테면 "강줄기를 거슬러 오르는 배 한 척"과 "수액을 찾아 기는 사슴벌레"가 체계상 동일한 위상을 부여받게 된다. 이러한 체계의 확장성은 나아가 겨울 하늘을 배경으로 서 있는 거대한 "느티나무"를 "노른자에 무성한 혈관을 뻗친 새알의 실루엣"과 동일시하는 데까지 나아간다. 실상 이러한 이미지의 시는 아무리 확장되어도 최초의 유사성의 체계에서 이탈하지 않는 한 '충격'을 주지는 않는다. 이러한 체계의 핵심은 '확장'에 있으며, 고대의 시학(詩學)이 설명했듯이 이질적인 것들 사이에 연속성을 부여하는 인식/발견의 힘에 있다.

2

이정란의 시들은 유사성의 인식에 의해 연속성을 획득하는 전통 시학에서 시작되어 조금씩 현대적인 미학의 세계로 이동하고 있다. 이번 시집에서 이 이동, 즉 변화는 대략 두 가지로 구체화되고 있다. 먼저 그녀의 시들은 점차 계기적 연속성에서 풀려나와 전언의 시가 아니라 풍경/세계의 타자성과 언어 자체의 물질성에 강조점을 두는 방향으로 진화하고, 전언/주제에서 적극적으로 벗어남으로써 시에 창조적인 비문들을 끌어들이는 모습을 보이고 있다. 가령 "무덤가에서 발자국 소리를 닦았다", "공기주머니를 터트리는 새에게 하늘을 받아먹었다"(「붉은 소용돌이」), "나비 하고 말하려다 나뭇잎을 떨어뜨린 여인의/ 입안에선 하늘이 부풀어 올랐다"
(「가을 숲의 가설」), "생각과 모자는 멀리 떨어져 서로를 마신다"
(「사라지는 모자」), "소리 속에서 귀가 쏟아져 나온다"(「습관」) 같
은 문장들은 유사성의 문법에 따른 인식의 확장도, 특정한
정서나 감정을 표현하기 위한 진술도 아니다. 그것들은 문
법적으로는 잘못 쓰였거나, 개인적 문법의 층위를 벗어나지
않아 축자적으로는 이해될 수 없는 언어들이다. 하지만 이러
한 진술 방식은 '문법'이라는 잣대가 아니라 질서 속에 카오
스를 집어넣는 일이 현대 예술의 과제라고 주장한 아도르노
의 시각에서 이해되어야 할 듯하다. 시는 세계/풍경을 감각
적으로 변용하여 텍스트에 모호성을 새겨 넣는 작업이다. 여
기서부터 모호성을 추방하려는 철학적 합리성과 합리성을 불
가능하게 만들려는 예술적 다의성이 경쟁한다. 이것은 플라
톤과 오비디우스의 싸움이다. 전통적인 시적 문법은 혼돈스
러운 외부 세계에 강력한 자아의 질서를 투영하여 현실의 불
확정성을 이해 가능한 연속성의 세계로, 카오스의 세계를 코
스모스의 세계로 바꾸는 화자의 권위를 드러내는 경우가 대
부분이다. 하지만 현대의 시적 문법은 혼돈을 제거하는 질서
의 미학이 아니라 질서화될 수 없는 혼돈을 일정한 방식으로
질서화하는 불가능의 기획에 한층 가깝다. 문제는 혼돈을 제
거하는 것이 아니라 그것에 질서를 부여하는 일, 그러니까
의도적으로, 의미심장한 비문을 만드는 일이다. 이러한 예
술의 이중성이 진술의 층위에서는 반(反)문법성으로, 구성의
차원에서는 반(反)리얼리즘적인 환영으로 가시화된다. 그리

고 이것들이 결합될 때, 그것은 시적 방법론으로서의 몽타
주에 근접한다.

    빛들이 다시 빛이 되기 위하여
    재구성되는 저녁 분위기에 동참한다

    기다렸다는 듯
    새들이 공기 알갱이 속에서 새어 나와 날개를 찾아 단다
    부스러진 햇살 조각들은
    일찍 문 닫은 갤러리 유리문 앞에서 없는 귓바퀴를 만지고
있다

    나는 직립을 버리고
    그림자를 뒤적인다, 달의 생각이 명료해질 때까지

    방금 뒤집힌 모래시계 안에서 사막이 깊어지고 있다
    사막은 이 저녁에 닿기 위해 건너야 했던
    나와 당신
    그 속으로 손을 찔러 넣으면 따뜻하고 말랑한
    심장이 만져진다

    새들이 날개를 떼어 버리고 내일의 공기 속으로 들어간다

    단풍잎 같은 달이 뜬다   —「재구성되는 저녁」 전문

시에서의 '혼돈'이란 무엇일까? 그것은 감각/감정의 리트머스를 투과한 세계의 변용이다. "시인은 현실에서 시로 들어가는 것이 아니라, 시에서 출발하여 현실로 진입한다"(막스 피카르트)라는 말처럼 시에 형상화된 세상 풍경은 시 바깥의 그것과 무관한 대상이다. 이 변용의 방식은 다를지라도 변용 자체가 없는 시는 없다. 이정란의 시를 읽는 처음의 방법도 감정/감각적 변용의 흐름을 따라가는 것이다. 그녀의 시는 '풍경'에 의해 촉발되는 경우들이 많다. 어떤 순간의 풍경이 시인에게 말을 건네면 시인의 감정/감각은 그것을 향해 열린다. 마치 "스스로 분출할 수 없"(「너에게만 읽히는 블로그의 태그」)는 "수도"처럼. 이것이 풍경의 외부성/타자성이다. 시인은 풍경의 외부성에 의해 열리는 순간을 "뮤즈"의 도래에 비유하여 "혀가 긴 뮤즈, 당신을 기다려 나를 핥는다/ 당신이 오는 날 나는 다 닳아 없을 수도 있다/ 나를 핥아/ 혹한을 녹여 먹는다면/ 뒷모습에 얼굴을 새겨 넣는다면"(「무인호텔에 든 혹한」)이라고 표현한다. 여기에서 '나'는 '뮤즈-당신'을 기다리는 수동적 존재이다. 이정란의 시에서 주체의 이러한 수동성은 "꿈속에서 벌거숭이로 찾아온 어머니는 아무 절차 없이 나의 아기가 되었다가 (…중략…) 나는 트라이앵글 바깥으로 내동댕이쳐졌다"(「갖풀에 풀어 넣어 얇게 바른 필름이라는 죽음 효과」)에서 보듯이 '시간-기억'과의 관계에서도 동일하다. 또한 그것은 "새의 피로 붉은 절망을 쓰지 않을 수 없는 일"(「않을 수 없는 일」)처럼 주체의 의지를 무력하게 만드는 불가항력으로 드러나기도 한다. 이것은 세계/풍경을 향한 시인의 열림이 지성이 아니라 감정/감각에 의한 것이기 때문에 생기는 문제이다. 이 타자—뮤즈와의 관계에서 시인에게 허락된 능동적 행동은 '당신'을 기다리는 것이 전부이다.

이 시는 '저녁'의 재구성에 관한 작품이다. 하지만 이 시에서 재구성되는 것은 비단 '저녁'만이 아니다. 노을이 진다. 왜냐하면 재구성의 주체가 '나' 즉 시인이 아니라 주체가 지배할 수 없는 신체—감각이기 때문이다. 시인의 말처럼 이는 "석 달 열흘 눈 감고 귀 열"(「않을 수 없는 일」)어야 하는 상황이다. 빛들이 또 다른 빛으로 거듭나기 위하여 재구성되는 시간이다. 햇살의 조각들은 부스러지고 어디선가 날아든 새들이 한 점 남은 빛의 조각들을 물고 집을 찾아간다. 그 일몰의 시간 속을 '나'는 그림자를 길게 늘이면서 걷는다. 걸으면서 '나'는 시간이 반환점("방금 뒤집힌 모래시계")을 지났다고 생각하다가 불현듯 '사막'을 떠올린다. 이윽고 새들이 내일을 향해 날아가고 붉은 빛의 달이 허공을 밝힌다. 앞서 말했듯이 이 풍경에는 전언이 없다. 다만 정서적 울림을 일으키는 미세한 파동이 있고, 낮에서 밤으로 넘어가면서 재구성되는 시간에 대한 감각이 있을 뿐이다. 이정란은 '정서'의 시인이다. 그녀의 시적 감수성은 감정/감각에 의지한 이러한 풍경의 재구성에서 가장 빛을 발한다. 하지만 시인은 이러한 정서적 울림의 관계가 현실에서는 쉽게 도달될 수 없음을 알고 있다.

가령 '서 있는 곰'이라는 이름을 들을 때
산속에 집을 짓는 생명의 뒤통수를 치던 번개, 고독을 함

께 건넌 나무의 기원을 기억하는 이파리, 인내로 마술 카드를
만들며 웃는 곰의
　날카로운 이빨과 발톱, 오싹한 소름 혹은 응답의 효능을
떠올린다면

괄호 속에 넣을 수 있는 마음 어디에 두어야 할까

이를테면, 까만 씨가 수박의 영혼이라면 누구든 수박씨 멀리
뱉기 놀이를 함부로 하지 않겠지

—「이를테면,」 부분

시의 언어가 주파해야 할 것은 문법과 의미가 아니라 정서
와 느낌이다. 물론 이것은 언어에 의해 매개된다. 그렇다고 언
어에 의해서만 가능한 것은 아니다. 시인들에게 '언어' 자체
가 가능성인 동시에 한계인 이유도 여기에 있다. 시에서 '언
어'는 정념을 발산하는 표현 매체이다. 시에서 언어가 실어 나
르는 것은 '의미'가 아니라 '정념'이다. "이를테면"이라는 제목
은 언어가 '의미'가 아니라 '정념'으로 경험될 때를 가정하고 있
다. 이 시에는 두 개의 이름이 등장한다. "늑대와 춤을"과 "서
있는 곰"이 그것이다. 이 이름들이 영화에 등장하는 토템명
이라는 것은 중요하지 않다. 시인은 토템명("늑대와 춤을")에서
"헤아릴 수 없는 것들"(「이를테면,」)이 어우러진 풍경을 가늠하
는 것과 그렇지 못한 경우를 대비시킨다. "헤아릴 수 없는 것
들"이란 정념으로서의 언어가 연상시키는 풍경과 정서를 가

리킨다. 그러니까 "서 있는 곰"은 단순히 곰의 형태나 한 개인의 이름에 머물지 않고 그 단어/언어가 환기하는 정념을 포괄한다. 사물에 대한 인간의 도구적 관계는 정념의 감응이 부재하는 상태에서 사물이 인간의 소유물로 인식되는 타락의 경험이다. 이러한 타락의 경험 안에서 '곰'은 기껏해야 "응답의 효능" 같은 실용적 가치밖에 갖지 못한다.

3

감정/감각의 프리즘을 통한 세계의 변용은 빈번히 '현실'이라는 이름의 상징적 경계를 벗어나 독자의 추체험이 도달하지 못하는 낯선 풍경에까지 확장된다. 그 풍경 안에서는 "태양이 사라지는데 날이 저물지 않는다"(「의자의 환상」)처럼 시간의 자연적 질서가 훼손되기도 하고, "들판에게 발견된 내/ 속에서 황소를 꺼낸다"(「달리는 트럭의 엉뚱한 자세」), "소리 속에서 귀가 쏟아져 나온다"(「습관」)처럼 논리적 인과성이 전도되기도 한다. 흔히 '환상'이라고 말해지는 이런 반(反)리얼리즘적 문법은 유사성의 체계가 함축하고 있는 내적 인과를 중시하는 전통적인 작시(作詩)의 원칙과는 확연히 다르다. 전통적인 비유는 시각적 유사성이나 논리적 인과성 가운데 어느 것에 의지한다 해도 한 편의 시에 규칙의 안정감이 부여된다는 점에서 질서에 해당한다. 무질서하고 무관한 사물들 사이에 '관계'를 도입하여 이질적인 것들에 연속성을 부여하는

것은 얼마나 엄청난 질서의 힘인가. 반면 '환상'은 유사성이
나 인과성보다는 이질적인 장면들의 병치에 의존하는 경우가
많은데, 이때 한 편의 시를 관통하는 질서를 포착하려는 노력
은 사실상 무의미하다. 가령 전체 11개의 문장과 연으로 구
성된 「붉은 소용돌이」에서 각각의 문장과 연은 서로에 대해
구심력으로 작용한다. "나보다 뚱뚱한 그림자를 던지며 낯선
마을길을 돌아다녔다", "녹기 싫어 밟으면 쩍, 마음을 자해하
는 얼음장 위에 체중을 쏟아 놓았다", "폐가 한 채를 덥석 물
고 반달을 방싯거리는 무덤가에서 발자국 소리를 닦았다"처
럼 파편화된 상태로 등장하는 문장들은 행동의 주체를 확증
하기도 어렵고 문장들 사이의 연관성을 포착하기도 쉽지 않
다. 이에 비하면 풍경-이미지의 연쇄에 근거해 사유의 폭을
넓혀 가는 "물결을 얼리고 강이 사라졌다/ 먹이를 찾는 동안
발자국이 얼어붙어 놀란 새들/ 수직으로 날아올랐다 내려와
저공을 오래 선회한다"(「발자국과 날개 사이의 거리」) 같은 표현은
매우 익숙하다. 이러한 언어의 파편화와 이미지의 병치는 이
정란의 이전 시들에서는 두드러지지 않았던 특징이다.

너는 허공을 입방체로 뭉쳐 높이 던진다
나는 숨겨 두었던 사다리의 날개를 펼친다
너와 난 공중에서 부딪혀 12각형의 별이 된다
우린 그 별을 복사해 만든 게임으로
서로에게 도박을 걸지도 모른다

>
어둠과 햇살을 가장 단순하게 만든 네 안에

규칙은 없다

6의 발바닥에서 해를 보는 1

1이라고 말하고 싶은 2

날개가 곤충의 불행인 것을 믿는 3

3의 노래로 타래를 만들어 동굴을 파는 4

매일 눈동자를 갈아 끼우며 남의 서가의 책을 즐겨 읽는 5

알고 있는 것들의 영혼을 다붓다붓 의인화시키는 6

6이 모르고 지나간 영혼은

온몸을 검게 칠하고

어긋난 모서리들 속으로 스며든다

그럴수록 너는 더욱 부드럽게 팽창한다

육면체 속 알 수 없는 뭉클거림을

허공으로 높이 던지는 순간

네 몸은 투명해진다 애당초

나는 너를 본 적이 없다

―「주사위」 전문

언어의 파편화와 이미지의 병치는 세계 인식의 층위에서
중요한 변화를 동반한다. 그 변화의 하나가 '주사위'로 상징
되는 우연성의 긍정이다. 우연성이란 "이유 없이 태어나는

것에 대한 이해"(「가을 숲의 가설」)이다. 거칠게 말하면 전통적인 유사성의 비유 체계에는 우연성의 시민권이 없다. 시인은 「가을 숲의 가설」에서 실제로 존 케이지의 우연성의 음악("가로지르는 데 28억 광년 걸리는 숲에서/ 4분 33초를 떼어다 침묵으로 사용한 사내를 안다")을 인용하고 있다. 이 시에서 '너'와 '나'의 관계는 모호하면서도 흥미롭다. '너'는 입방체를 허공으로 던지고, '나'는 숨겨 두었던 사다리의 날개를 펼치고 허공으로 날아오른다. '허공'은 '너'와 '나'가 부딪혀 12각형의 별이 만들어지는 우발성의 충돌 공간이고, 별-게임-도박의 공간이다. 편의상 이 게임을 두 개의 주사위로 진행하는 도박이라고 상상하자. 니체는 삶을 주사위 던지기에 비유한 적이 있다. 주사위를 던진다는 것은 우연을 긍정하는 것이고, 주사위에 나타나는 숫자는 우연의 필연성을 긍정하는 것이다. 숙련된 주사위 놀이꾼에게는 우연과 인과가 비교 불가능하다고 하지 않는가. 이 시에서 화자는 주사위 던지기를 "사다리의 날개"를 타고 천공의 '별'에 오르는 과정으로 진술한다. 그것은 말 그대로 '도박'이다. 다만 주사위를 던지고 특정한 숫자가 나타나는 과정을 '확률'로 읽을 필요는 없다. 주사위 놀이의 핵심은 던지기에 있지 떨어지는 필연이나 나타나는 숫자의 확률에 있지 않기 때문이다. 시인이 말하거니와 이 과정은 '규칙'이 없다. 여기에서 그때그때 나타나는 숫자 즉 "6의 발바닥에서 해를 보는 1"에서 "알고 있는 것들의 영혼을 다븟다븟의인화시키는 6"까지는 삶의 잠재태를 가리킨다. 그리하여4연은 "6이 모르고 지나간 영혼", 그러니까 의인화의 시선이

미처 미치지 않은 사물들이 어긋난 모서리 속으로 사라지고, 그때마다 "육면체"는 부드럽게 팽창하거나 뭉클거린다. 이 뭉클거림은 고체적인 견고성에 반(反)하는 액체의 잠재성을 의미한다. 4연의 마지막에서 화자는 그런 잠재성으로 충만한 주사위를 허공으로 던진다. 그 순간 주사위는 투명해지고 화자는 "애당초// 나는 너를 본 적이 없다"라고 고백한다. 여기에서 투명함이란 시각이 포착하지 못하는 세계를 뜻하며, "나는 너를 본 적이 없다"라는 진술은 잠재성으로 충만한 대상이 '그것'이라고 지시할 수 있는 전재성(前在性)의 '대상'이 아님을 의미한다. 삶이란 주사위 던지기처럼 우연을 긍정하는 사건이라는 의미이다.

    당신 기척이 밖을 내다보는 내 시선에 녹아들었다
    해변, 모래밭에 꽂힌, 종이컵은 인력 강하지만 아주 우연한
접점

    당신 바깥에서
    나는 허공이나 모니터에서 샘솟듯 차오르는 글자들을 소
비한다
    글자는 허공이나 모니터 혹은 벚나무 속의 혈류

    당신 곁 가장 가까운 곳에서 당신을 틀어막으며 산 긴 시간
    마개를 따 버리고 싶었던 나는 누구의 나인가

>

　내게서 떠났던 영혼은 연필로 위장한 낱말들의 트렁크 속
으로 숨어들어 거칠게 숨 쉬었다

　긴 잠의 머리맡에 폭약을 장치한다
　잘못 번안하곤 슬그머니 잠들어 버리는 나를 발설하기 위해

　익숙한 옷이 나를 벗어 버리고 면벽 중이다

　변화하는 칼집, 나는
　늘 죽고 있다

—「나」 전문

　　이정란의 최근 시편들은 우연을 긍정하고 타자성을 적극
적으로 사유하려는 움직임을 보인다. 앞에서 지적했던 존재
의 수동성도 타자성의 한 요소이지만, "내가 탄 버스가 직진
신호를 받아 내 등을 지나쳐 간다"(「백 허그」)처럼 스스로를 객
체로 인식하려는 자기 분열, "습관엔 영혼이 없다"(「습관」)처
럼 자동화된 지각에서 벗어나려는 일상에 대한 자의식 등은
'자아'의 동일성에 근거해 세계/풍경을 바라보는 전통적인 시
선에서 점차 멀어지고 있음을 의미한다. 다만 이번 시집에서
이러한 이동과 변화는 전면적이지는 않은데, 그 때문에 이정
란의 시집에서는 경쟁적인 두 세계가 팽팽한 긴장감을 형성
하고 있다는 느낌을 준다. 이 긴장감의 한가운데에 놓여 있
는 작품이 바로 「나」이다. 이 시에서 시적 진술을 이끌어 가

는 목소리 '나'는 비판과 성찰의 대상이 되는 '나'와는 분명히 구별된다. 그래서 이 시는 '나-당신'의 관계로 시작되지만 결국 '나-나'의 관계로 마무리된다. '나'와 '당신'은 대척점에 위치한다. '나'는 "당신 바깥"에서 "글자들을 소비"하고 있다. 편의상 그 글자들을 "허공이나 모니터 혹은 벚나무 속의 혈류" 같은 것이라고 말해 두자. 이는 자신의 삶, 그러니까 '당신'의 곁에서 산 과거의 시간이 실상은 당신을 틀어막으며 산 시간이었다는 의미이다. 이렇게 말하면 마치 '당신'이 구체성을 띤 인물이나 사물처럼 느껴지지만 나는 이 시에서의 '당신'을 '나'의 분신으로 읽고 싶다. '나-당신'의 관계가 실상은 '나-나'의 관계라는 뜻이다. 그렇게 읽을 때 "영혼은 연필로 위장한 낱말들의 트렁크 속으로 숨어들어 거칠게 숨 쉬었다"라는 고백의 언어는 '위장'과 '위선'에 대한 시인의 자기 처벌이 된다.

그런데 이 시에서 그 처방/처벌은 다소 극단적이다. 자신의 감정/감각을 잘못 번안하고도 성찰하지 못하는 영혼을 위하여 "폭약을 장치"하는 일은 얼마나 가혹한가. 화자는 6연에서 이처럼 '영혼'을 '위장'하고, 감정/감각을 잘못 번안하고도 잠의 세계에 빠져 있던 '나'로부터의 탈주를 도모한다. "익숙한 옷이 나를 벗어 버리고 면벽 중이다"라는 진술은 명쾌한 발화는 아니지만 습속의 세계에 포함된 '나'와의 분리/이탈을 선언하는 것으로 읽을 수 있다. 이처럼 이 시를 일상적 자아와 그것을 성찰하는 반성적 자아의 관계로 읽으면 "변화하는 칼집, 나는/ 늘 죽고 있다"에서의 '죽음'은 익숙하고도 오래된 자아의 부정으로 해석된다. 부정을 통한 이 변화의 과

정은 확실히 '죽음'과 관련된다. 그것은 매순간 익숙한 감정/
감각이 세계에 자신을 투영/투사하는 전통적 문법과의 결별
을 거쳐 새롭게 태어나려는 신생에의 의지라고 읽어도 좋다.
우리의 상식적 믿음과 달리 "의자는/ 무늬로 열렸다가 열쇠로
닫힌다"(「의자의 환상」)는 느낌에 의해 주파되는 이 낯선 감각
의 세계, 그 세계를 향한 이정란의 시적 도약이 시작되었다.